글벗시선 141 이정희 네 번째 시집

문인들의 글밭

이정희 지음

문인들의 글밭

이정희 시집

시인의 말

『문인들의 글밭』을 출간하며

세상의 밭에서는 엄마 품에 나온 어린 새싹들, 연두랑 분홍이 아름답습니다. 꽃이 아름답게 피고 풍성한 열매를 맺으면서 자신만의 존재감을 뽐냅니다.

여기저기에서 시인들의 시심도 들썩입니다. 땅 밑에도 밭에서도 풍년을 예고합니다. 제 마음의 글밭은 시심이 둥실둥실 떠다니고 있습니다.

우리 글벗 문인들의 글밭에도 부디 풍년을 기원합니다. 무더운 더위를 이겨내면서 저 역시 풍년을 기약하는 가을을 준비합니다.

온 누리가 무더위와 가뭄, 그리고 장마를 이겨내야만 풍년을 맞이하듯이 문인들의 글밭에서도 아름다운 풍년을 기원합니다.

코로나19로 힘겨운 세상에 우리 시가 그 중심에 섰습니다. 아픈 마음을 어루만지는 글 농사를 열심히 경작해서 행복한 풍년을 함께 준비합니다.

2021년 7월 저자 소담 이정희 올림

차 례

제1부 꽃이 피는 날

제2부 긴 세월 짧은 얘기

제3부 그리운 그때

제4부 세상은 무지개

제5부 세월의 늪에서

제6부 친구가 그리운 날

제1부

꽃이 피는 날

새벽공기

바람이 분다
새벽바람이 홀로
떠다니며 이 집 저 집
잠을 깨운다

문을 두드려
이불속 들어있는
마음을 헤집고
바람이 스며드네

문고리 잡고
떠나지 않고 울어대는
나의 차디찬 바람아
새벽바람 나를 찾아서

꽃이 피는 날

할머니의 꽃잎 눈꽃잎
엄마 없고 젖 없는
손녀 키운 꽃
눈꽃 녹아 손녀 꽃 활짝 피었네

가슴 아픈 눈꽃이어라
손녀 꽃 해당화꽃
눈꽃만 하리오

할머니 꽃은 눈물 꽃잎
손녀 꽃 웃음꽃
활짝 핀 꽃
할머니 소원성취 꽃

너였구나

추억이 너였구나
동행하여 함께 온 추억
그리움이 안고 왔네
반가워 너희랑 손잡고

그 옛길을 물어물어
추억과 함께 왔구나
혼자 오는 길보다
동행자 있어 다행이네

외롭지 않아 좋았네
추억과 그리움이 손잡고
나를 찾아오는 날
수많은 얘기를 밤새도록

추억과 그리움과 나
셋이서 두런두런
샘물 솟듯 옛 얘기
우리 그때 그런 일들도 있었구나
함박웃음

그리움

그리움은
어디서 왔을까
어디에 있다가
이제야 나타났을까

그리움이 혼자서
오는 길에 흘린 것을
이제야 알고 찾아오네
그 긴 그리움을 영원히

잃어버린 그 긴 길
찾아오지 말 것이지
눈물 되어 울면서 찾아오네
나의 그리움

내일은 한끝 남은
그리움이 웃으며
날 찾아오려는가?
반가운 웃음 머금고

미덕

조용히 있으면 될걸
겉과 속이 다른 자
조용히 있어도 알고 갈걸
아랫사람에게 미덕일걸

영안으로 보면
사람 속이 보인다 환하게
절대자의 눈으로 보면
시기 질투 만들고 있는 것을

영안으로 보는 자는
모두를 본다. 겉이 아니라
속을 본다는 사실을 모른 자
그대는 가엾은 자

남들께 들어내고파
자기 위치를 그런 식은
절대자의 영안에 들켜
절대자는 마음을 본다

사과와 영안

진실한 사과는
행복의 지름길
자존심을 지켜내는
자유함의 승리자

사과부터 배우자
질투를 만들지 말자
남의 진심의 마음이
가다가도 돌아선다

인생이 다 늦게 무슨
이상 얄궂은 상대가 먼저
눈치를 챌 것이다
거기에 넘어가지 않는다

사과 후 진실성을
바로 받아들이자
깨끗한 심령은
그 속을 먼저 알고 있기에
객기를 부리지 말자. 보인다 환히

뜻

바람이
왜 불까?
절대자의 뜻
원망 없이
고요히 봐요

왜? 왜? 왜?
조용히 봐요
왜란 말이
나오나요
태풍이 왜?

바다를 정화
하는 것 아닐까?
바람이 하는 일
절대자의 뜻이거늘

봄

임이 왔건만
부끄러워 말 못 하고

아지랑이 커튼은
그대로

언제나 보이려나
연둣빛 봄

천상의 꽃

꽃이 피었다
천상의 꽃 빛
분홍빛 둥근 꽃

꽃 속에 연둣빛
무리 지어 내려온다
분홍빛 고운 빛

반짝이는 별꽃도
쏟아져 흐른다
앞 냇가 꽃 그림자

둥둥 흘러가네
밤낮으로 흐른다
천상의 빛난 꽃

그리운 꽃

그립다 꽃잎들이
사람 향기 그립다
들꽃도 좋지만

사람꽃이 더 예쁘고
더욱 보고픈 사람꽃
아지랑이 같은 당신

봄은 발밑에 왔건만
모두 숨은 꽃 보고픈
당신만 하랴 사람 향기

임의 향기만 하리까
임이여 인화(人花)여
사람꽃, 사람향기 그립고

보고파요 어서 와요
향기야 웃는 꽃들
이 봄에 피었음 인화(人花)

오소서

오월의 여왕을 닮은 당신
어느 꽃 향이 당신 향만 하오
장미가 그대만 하리오

백합이 당신 향만 하리오
봄이 와도 오지 않는 당신
눈을 감고 기다리는 그대를

오월이 오기 전에 와주오
당신이 안고 올 섭리 향
영원토록 기다리게 마옵소서

대자연을 안고 올 당신을
이제 기다리지 말게 하옵소서
사뿐사뿐 불어 걸어오소서

그대

오늘 밤 꿈속에
당신 오시려나요
못 잊어 소리 없이
내려오시려나요

졸졸졸 물소리
시냇가 버들이
요술 방망이 흔들어
잠 깨우시려나요

산속에 진달래
모두 놀라 빼꼼
개나리 네잎 물고
그대를 기다립니다

어서 오시옵소서
꿈속에라도 깊이
잠들면 오시려나요
오늘 밤 꼭 오시옵소서

삶

인생사 고달픔
누구나 있는 법

흙과 함께 살다
흙으로 돌아가네

고달픈 인생길
흙 밟으며 웃는 삶

환각

길을 간다
낯익은 얼굴
오가는 길모퉁이

다섯 번을
만났네
정신은 정상?

사람의 마음 끝 잡고
흔들어 본다
환각 상태

또 만났다
냉정하게 돌아섰다
누가 환각 상태?

여러 번 마주쳤다
똑같은 사람
골목을 나선을 긋는다

흐린 별리

하늘이 흐리다
이별이 서럽다
세월이 약이려니

흐려진다
이별도 설움도
모두 잊힐 시간

다행이다
하늘이 주는 시간들
이별도 흐려진다

흐려지는 맘
삶이 연장된다
슬퍼도 감사한다

비와 함께

빗줄기는 솔솔
그리움은 쏟아진다
이렇게 단비와 함께
솔솔 와주면 좋으련만

그리움은 장대비
눈은 뜬눈 되어
말똥구리 벌레처럼
그리움 안고 굴려본다

눈을 감아 보아도
여전히 보이는 그리움
상상의 날개를 달아
그곳으로 날아간다

독립

우리의 날은 독립된 이 날
3.1절을 잊어서는 안 될

망각의 세월 같은 우리들
지금 순국선열들의 눈물

쏟아져 내리고 하늘이 운다
코로나로 온 국민들의 함성

나라 잃은 서러움만 하랴
못 살겠다 아우성? 그때는

마스크 없이 말할 수 없는
벙어리, 눈뜬 장님, 귀머거리

목욕

산천초목 봄비로 목욕했네
솔가지 머리 풀고 물이 뚝뚝

꽃나무 눈망울 부릅뜨고
성격 급한 나목들 살짝 빼꼼

꽃비가 내려앉아도 꼼지락
질투 시샘 겁먹은 눈망울들

서로들 밀고 밀어 힘없는
할미꽃 추워서 문틈으로 살짝

솜털 모자 쓰고서 아직은 춥네
문 열고 나오려다 주춤주춤

용감한 복수초 손을 들고 꿈쩍
할미꽃 한숨 돌리고 뒤따르네

목련도 털모자 쓰고 숨바꼭질
키 자랑하듯이 하늘 높이 섰네

비밀

오른손이 하는 일
왼손이 모르게 하라
모든 일은 비밀로 하라
신앙도 자랑치 말자

아무도 모르게
골방에서 기도하라
은밀히 하신 이 그분은
졸지도 주무시지도 않으신다

예배드리는 것 새벽 기도
방송해야 신앙이 좋은 건가
믿는 자는 당연히 간구할 일
외치고 소문내고 자랑치 말자

그것을 부끄럽게 여겨라
외치는 소리 그 믿음
남의 믿음 자기 저울에
달아보는 외지는 사니라

꽃바람

바람이 분다
꽃바람 분다
바람이 분다
웃음 바람 분다

절대자
붓을 잡으셨다
산천초목 색칠
골고루 우리들 정원

이 아름다움을 받은
나는 행복하다
하늘이 주신 꽃동산

천만 가지 꽃들이
모두 내 것인 것을
보고 웃자 웃음꽃
나누며 걸어가자

제2부

긴 세월 짧은 얘기

부탁

늘~
절대자께 고한다
오늘의 내 모든 것
나 자신이 모르는
그것까지도 절대자께

아뢰어라. 해결하신다
이분은 항상 웃으신다
철없는 나에 등 토닥토닥
생떼 쓰는 날 위로하신다
감사합니다. 행복합니다

지금도 나는 누군가를
위하여 부탁한다
둥근 쟁반 속에 담겨있는
그들을 위하여 부탁드린다
축복해 주시라고 또 부탁

꽃들은 필 것이라고 부탁
웃음꽃들이 활짝 피어나길

인생

하늘은 높고 높아
푸른 청춘 겁 없네
넓은 땅 뛰고 달려
그 또한 겁나겠나

시냇물 흐를 때
푸른 청춘 따라 흘러
불러도 찾아봐도
어디로 갔나 그 청춘들

해는 서산에 기울고
동녘 하늘 달뜨는데
임은 바람 끝 잡고서
어서 가자 재촉하네

별리(別離)

잔설도 떠나고
나목들의 묵은 잎
밟으며 길 나선 바람

해 묵은 저 생명 줄
나의 행간에 닿네
떠나는 이별 앞에

바람 끝 잡은 초로
동행이 서러워
붉어진 노을이어라

쉿

조용
아
종이꽃 바스락

눈으로 말해요
조용
귀로 듣기만 해요

봉해둔 입
마스크?
조용

저울

욕심은 가볍게
신앙은 무겁게
달수 없는 저울눈
자랑치 말자

가볍게 무겁게
그 향기는 백향목
같아서 스스로 퍼진다
절이든 성당이든 교회든

문지방만 닳는다
소리만 요란스럽다
빈 수레처럼 될까 두렵다
무거우면 둔탁하다

친구야

그리워진다
이렇게 비 오는 날
보고 싶다 친구야
지금 창밖에 비 온다

꽃이 피면 오려나
몸은 늙어가고
마음은 옛날로 가잔다
춘삼월이 왔다

춘화(春花)가 왔다 친구야
그리운 친구들아
봄비가 내린다
그리움 안고 온다

경칩

엄마 품에 나온
어린 새잎들
연두랑 분홍이

경칩이라 개구리
눈망울 선잠 눈
오랜 잠 몸은 약골

돌담 밑에 개나리
병아리 어미 닭과
봄놀이 삐약삐약

모두가 봄이란다
코로나로 힘 빠진 봄
그래도 힘내고 살잔다

오늘이 경칩이라
여기저기 들썩인다
땅 밑에도 글밭에도
풍년을 예고하네

모기

내 볼 내가 치게 하는
못된 성미 가진 놈
그래도 내 자식 네가
뽀뽀해 줄 때 최고라

뽀뽀는 아무 데나
여자, 남자, 가리지 않고
그냥 하는 뽀뽀
그런데 왜 그리 비싸냐?
쪽 하면 헌혈 한번

이 비싼 나에 피 헌혈
그래도 내 자식 이마
뽀뽀할 생각할 걸 앵~
헌혈 한 아름
무거운 춤사위 앵~

나의 죄 고백

별난 성미 모난 성격 물결 속
돌멩이만도 못한 저를 품어 주신 절대자님
이 시간 통회 자복합니다
왜 믿음, 소망, 사랑 중에 제일은
사랑이라 했습니까?
그리고 서로 사랑하라 했습니까?
가장 지키기 힘든 것이 사랑입니다

절대자 당신은 연약한
인간의 심리를 알고 했을 것이고
못 지킨다는 것도 아시고
지키라 했을 것이고
혼자 막연히 사랑하지 말고
서로 사랑하라는 말씀도 하셨잖아요
서로라는 단어는 좋은데
그것도 가장 힘든 인간의 나약함입니다
서로 사랑할 수 있게 하옵소서
이 모난 성격도 둥글게 하옵시고
이 밤에 잠을 못 이루며 당신께
고백도, 푸념도 한번 해보고 싶어서 합니다

모든 죄 용서함을 받고 싶어 새벽길을
글과 함께 나섰습니다
J님의 보혈의 힘입고
나쁜 마음 먹지 않게 하시고
깨끗한 마음 주소서
J님 이름 의지하고
날 구원해 주신 J님
이름으로 간구하며 기도합니다
아멘, 아멘, 아멘~

속고 가는 길

오다 보니
얼마 남지 않은 길
이제 곧 도착

몸은 느릿느릿
시간이란 걸음은
이렇게 빠른지

애써도 못 잡을 길
여기까지 왔네
세월이 한데 속아서

잡아 봐라 달아난 시간
세월이는 잡으라 하고
잡을 수 없는 기막힌 세월

긴 세월 짧은 얘기

그렇게 긴 세월이었다
생각하며 걸어온 뒤안길
그 많은 추억은 어느 사이
저만치 멀어져가누나

바로 곁에 있던 추억들
휘몰이 바람에 안겨 뜨고
공중비행을 하며 훌훌 간다
차디찬 바람 속에 나목들

잔상은 나의 행간 속에
이리저리 뒹굴어 치네
연두의 사랑도 분홍빛도
모두 훨훨 꼬리치면 가네

나도 가고 너도 가고
우리 모두 짧은 얘기 남기고
향기만 스며들게 하며
긴 여행 속을 헤치며 간다

가끔은

가끔은 벌 나비가 되면
어떨까 하던 친구
생각나는 날 그립네

봄비가 되면은
어떨까 하던 친구
오늘은 더욱 생각나네

가을엔 국화가 되고
봄부터 가을까지
꽃잎 되어 피어나라던 너

호박씨 까서 털어 넣던
친구야 그립다
나의 책 한 권쯤 날려 보내고파

동네를 떠나며 못 잊어
동구 밖 둑길까지
뒤돌아보던 친구야

가끔은 내 생각할까
비록 어린 친구였지만
가끔은 바람이 되고프다
날아서 찾아가 고프다

이별주

봄은 왔건만 떠난 그대
청춘이여 영원토록
함께 갈 줄 알았는데
아니었네. 배신자여

어깨동무할 때는 언제고
말없이 약속도 없이 떠난
배신자 나의 사랑 청춘아
영원한 이별일 줄 몰랐다

너 어이 그리도 무심하냐
세월과 함께 떠날 줄 몰랐다
배신자 청춘 너였더냐 아님
세월의 꾀임에 넘었더냐

어차피 떠난 널 원망해 무엇해
잡을 수 없다면 이별이나 멋지게
잘 가거라 청춘아 이별의 동배수
세월과 함께 떠나보내며 이별주

아차

초여름 유월 들머리
아차 하는 순간 놓쳤다
서울도 춘천도 멀다는 걸

간 크게 아차 하는 순간
허락하고 약혼하고 준비
일 년은 금방 가는구나

결혼하고 김포공항
생이별 보내고 눈물 바람
후회한들 무슨 소용

하나 딸 호놀룰루 하와이
그 어린 걸 보내고 밤낮으로
전화 눈물 바람 서로 울고

지금도 생각하면 아찔하네
철없는 엄마였구나 생각든다
다행히 한국으로 돌아온 딸
손녀 진리 우리 착한 손녀

새싹

담 밖에 봄이 왔구나
아직도 담을 못 넘었네
담장이 높아서 못 왔나
요즈음 봄볕도 숨바꼭질

새싹들과 놀 생각 없나
상사화 새싹은 안녕하며
손짓하네. 꽃을 만나려고
꽃잎 수줍어 숨었네. 어쩌나

담 안에 나목들 꽃눈 먼 산
언제 담 넘어오려나 이 봄
털모자 쓰고 빼꼼 할미꽃
조바심 내는 할미꽃 복수초

청춘

실개천
흐르는 소리 졸졸
남녘에는
봄소식 들리네

우리들 마음도
늘 봄이 왔으면
몸은 가을
마음은 청춘

즐거운 하룻길
청춘이길 바라며
기분 좋은 날

희비의 눈물

슬픔이나 기쁨이나
부르지 않아도 오는걸
슬프면 나오는 눈물
기뻐도 나오는 눈물

막을 수 없는 슬픔이려니
기쁨 역시 막을 수 없는 길
쏟아지는 눈물은 어찌해요
뭉클뭉클 흐르는 벅찬 맘

기다린다고 오려나 이렇게
이렇게 귀한 눈물을
누군가 함부로 할 수 없는 자연인걸
절대자의 주신 귀한 선물

흐르는 눈물도 그분 허락 없이
나오지 않은 아주 귀한 눈물
어이하랴. 감당 못 할 일인걸
희비의 눈물을 누가 말려요

능소화 이야기

능소화 한 포기 너무 예뻐
심었더니 이렇게 줄타기
아무나 붙잡고 줄타기 선수
인동초 속셈 알면서 주는 손

이 손 저 손잡고서 담 위에
침대 삼고 드러누웠네
누워서도 나팔을 잘 불어
온 동네 음악 경연 대회

일등 하는 능소화야 부럽다
아름다운 나팔 물고 누워서
그리도 예쁘게 불어 주냐
모든 꽃님이들 귀가 쫑긋

너의 나팔 소리 들으려고
으아리도 줄 타고 올라가고
담 너머 접시꽃도 쳐다보고
모두 너에게로 향해 있네

며느리

비몽사몽간에 보여주신
며느리 얼굴이 꿈결에 현몽
절대자가 주신 예쁜 며느리
착한 며느리 우리 아들 내외

그렇게 한 번도 보도 못 한
며느리를 맞이하고 행복하네
지난해 몸이 아파 수술을 했네
서울 강남 삼성의료원에서

수술받아도 아들 며느리
엄마 몸 안 좋다고 숨기고
저들 내외 수술 퇴원 추석 후
이제 안정선에 왔으니 얘기

깜짝 그렇게 큰 수술 얼마나
두려웠겠냐 효도도 좋지만
어째 부모께 얘기 없이 두려웠지
사랑한다. 며느리 늘 건강해라

청춘(2)

실개천 물 흐르는 소리
졸졸 실버들 연두 물먹음
남녘에는 봄소식 들리네

우리들 마음도 늘 봄이면
몸은 가을이 왔어도
마음은 청춘이거늘

즐거운 하룻길 되시길
서로들 빌어 주며 오늘도
마음 설레는 봄 여행 간다

그래도 항상 건강 챙기시고
행운이 넘치길 바랍니다.
인사와 마음 빌어주는 가족

제3부

그리운 그때

여왕

그때도 오월은 있었지
그때도 장미가 여왕이었어
오월은 늘 장미의 계절
노래를 불렀지 여왕이라고

미스코리아도 이때 뽑았지
그리운 계절이었지
아련하게 아지랑이처럼
늘 그리움이 있었네

시를 쓰고픈데 너무 몰라
방법도 모르고 답답한 마음
아련히 떠오르는 글귀들
썼다가 찢어 버리고 했지

지금도 오월은 장미가 여왕
오월아, 왔거든 가지 말아라
그리움 한 아름 안고 있네
내 사랑 때가 되니 오는걸

미련

아직 남아있는 그리움 그대
불러볼까 부르면 찾아오려나

하늘 저 멀리 있다고 해도 올까
올 수만 있다면 불러보겠네

지금, 이 시간 내 마음을 찾네
꽃잎이 피어나면 온다던 임

자꾸만 떠오르네. 사랑하는 임
아롱대면서 찾아오겠지. 그대

지금도 불러 본다 온다고 한 약속
없이 헤어진 아지랑이 그대여

보고프다고 하면 찾아오시려나
이제 예쁜 꽃 피울 계절이 오네

내 마음이 당신을 부를 수 있을까
그대를 찾아 내가 갈 수 있을까

토막 인생

창조주의 인생 유년 시절
굽이굽이 조상님 은덕
이 땅 위에 언덕으로 기대
잘도 왔건만 청년기엔

이제는 따로 서기 하란다
그럭저럭 혼자 걷는 연습
겁 없이 달려보니 모두가
나의 세상 혼자 달려보네

세 토막 두 토막 가정 꾸려
정신없이 사랑으로 그물 쳐
우물 안 개구리 앞뒤 옆 모두
정성 들여 물 길어 부은 사랑

네 토막 가볍게 털어 버리고
인생 후반기 나의 인생 여행
여기저기 좋은 곳 여행 글
여행길 석양에 다다랐네

태양과 꽃밭 그리고 나

이른 아침 하늘 눈 저쯤
졸고 있을 때 내 눈은 샛별
내 마음을 반짝이며 보았다

오늘은 내 친구 하늘 눈과
무슨 얘기를 할까 졸고 있는
널 내가 깨우려 한다 지금

빨리 나를 반겨주라 하늘 눈 떴다
두 팔 벌린 나에게 안기네. 스며드네
맑은 아침 공기 안기며

오늘의 일정 꽃밭 영양 보충
거름주기 손질하기 너랑 함께
예쁜 마음으로 예쁘게 피어나게

이쁜이들 일 년 동안 바라보며
많은 얘기 나누기하며 종일 수다 떨어도
피곤치 않게 영양 보충

함께하심

이 시간
함께 하시며
종일 아니 영원토록

그래도
늘 목마름으로
갈증을 느끼게 하는

절대자
당신 가까이
두시려는 사랑의 임

이 시간도
함께하심 영원히
부족한 나의 동행자

혹시

나의 과오로 인해
잘못된 오해가
상대의 기분을 다쳤나?
생각하는 날

세상 삶이
왜 이렇게 힘들까
글 속에는
잘못 오해가 많이 생겨

사랑함이
부족한 탓일까
아니면 무엇이 잘못?
혹시 하는?

생각이
많이 드는 날
오늘의 길을 나선 걸음
복된 길 원하며…

쏟아진 봄

봄 안개가 쏟아진다
밤새도록 쏟아 내린
시냇가 물안개
하늘이 눈을 떴다

봄볕이 쏟아진다
아침을 쏟는다
밤새도록 쏟아놓은
물안개 녹아져

실안개 버들의 눈 씻겨주네
눈 뜬 버들이
하늘 눈 보고 웃으면
봄을 안고 쏟아내린다

버들강아지 꼬리 흔들면
봄맞이 나물 뜯는 아낙네 손놀림
바구니 가득 웃음이 쏟아져
바구니에 앉는다

봄

봄이다
빛의
색이 다르다

희망의 봄
새 생명 탄생
아름다운 봄 동산

꿈의 동산
무지개 동산
탄생의 환희

생명

생명을 살리려
햇빛이
웃는다

그 빛
다 할 때까지
깨워 보련다

하루 이틀
오늘도
또 깨우고 깨운다

웃음소리 요란하다
복수초가 웃고
할미꽃 따라 웃네

그리운 그때

봄볕이
나의 친구랑 함께
봄소식 가지고 왔네

뻐꾸기 나의 친구
반갑게 불러준
그때 그 노래

온 산천에
참꽃도 함께 왔네
봄볕이 데리고 왔네

옹골진 참꽃
너도나도 뛰놀던
고향 산천 그립네

커피 향

싸라기눈이 내리는
어느 봄날 홀로 창가에
커피잔 들고 서서
그리움을 마셨다

싸락눈이 어느 사이
진눈깨비 되어서
옛 얘기 녹여주듯
마음에 녹아든다

그 시절 그 향기를
커피 향에 타서 한 모금
창밖을 향한 감은 눈
세월을 살펴본다

우수에 젖은 눈
진눈깨비 몸은 다 젖고
마음의 눈은 호수가 되어
그리움의 풍덩 …

인생길

태어난 날 생일
세상에 태어나면
싫든 좋든 살아야 한다

미지의 세계를
개척하며 걷는 나날들
이 생명 다하도록

좋은 날은 웃고
때로는 슬퍼도 웃고
가야 할 때가 있다

기쁠 때나 슬플 때나
삶을 감사하며 오늘도
걷는 인생길이다

생소한 사람들
만나 그 틈 속에 책망과
허상도 보며 걷는다

길 인도

참새도 들새도
모두 하나님 찬양
빗물도 하나님 찬양

발끝에 밟히는
풀잎들도 그를 위하여
찬양하는데 우리는 왜?

오늘의 길
인도하시는 하나님
늘 이 마음속에 은혜 충만

하나님 인도하소서
어디를 가든지
먹든지 무엇을 하든지

함께 하심을
원하옵고 원하오니
이 손, 꼭 잡고 가소서
아멘

면류관

이 땅 위에
승리의 면류관
세상 면류관 여러 가지

하늘의 면류관
믿음으로 가는 길
생명의 면류관뿐이런가?

우리 신앙인
과연 천국과 지옥
믿음은 없는데 천국은 탐나

탐나면 온전한
믿음의 길을 바로 가자
욕심은 하늘을 찌르고

행위는 땅속의 무덤
우리의 인생 믿음의 길
몇천 리 아니고 대문 밖이다

새 생명

지금 이한 밤중
새벽 한 시 절대자와
둘이서 속삭인다

그분이 토닥인다
나를 감싸 안아 주신다
나도 모르게 그분께 의지

이제 곧 하늘 문이
열린다고 하신다
세월의 강을 휘감아

찬양하며 따르리라
요단강 건널 때까지
웃으며 찬양하며 준비

새 생명 얻기까지
당신을 놓지 않으리
이 세상 것 무엇이라고

명령

하늘이
숫자를 주네
나의 인생의 수명
그 숫자에 의하여
짐을 싸야 하는데
아무것도 없네

네가 올 때
무엇을 가지고 왔냐
있으면 들고 가자
아무것도 없네
빈손으로 왔으니
빈손으로 가자

모든 식물들은
하나님 명령대로 움직인다
이제는 모두 놓고
내 갈 길 가라 하신다
모든 짐 내려놓으라네

찬양

날마다 세월의 강줄기는 찬양하고
작은 도랑물들도 모두들
하나님 찬양을 하는데

인간의 욕심은 잘난 멋에
덧셈, 뺄셈, 숫자만 세어보네
주판 지수 자르르 훑는다

나는 웃으며 저 시냇물 소리
찬양으로 들리니 나도 함께
찬양을 불러본다. 피조물인걸

세상 만상 헛된 것들뿐인걸
무얼 그리 바삐 서둘러 가냐
단풍잎도 하나님 피조물 인생

잘나도 한세상 못나도 한세상
하늘을 향하여 두 팔을 벌린다
은혜가 충만한 걸 기쁜 찬양

추억

산비탈 묵밭에
쑥이 돋았네
그 옛날 그 밭때기 없어서
못 살았네

좋은 시절 만나서
묵밭 때기 웬 말
산등선이 오르며
참꽃이 만발했네

누구 입이 더 파란가
내기하며 등하굣길
산딸기 송구 막대
어린 시절 그리워

참꽃 따서 찹쌀가루
화전 구워 먹던 추억
두견화 없어진 간식
잊을 수 없는 옛 추억

의견 차이

누가 그랬냐
꼭 꼬집어 그것이
옳다고 했냐?
그걸 누가 모르나

친구야 그래도
옛 추억 얘기하는데
무슨 엉뚱한 얘기로
찬물을 끼얹냐?

걔는 그때 추억 얘기
너는 꼬집는 말
똑똑한 척하지 마라
둥글둥글 살자며

우리 셋이 모이면
꼭 네가 문제야
따져 봐야 거기서 거기
넘어가자 길지 말고

시(詩)

시(詩)
누가 내 시(詩)를 보고 말했다
시란 다른 것보다 독자가 읽고
알아볼 수 있는 것이 좋은 시라고

말의 뜻도 모르는 이상한 글을
적어 놓은 것보다 마음에 와닿는
한글의 기품이 훨씬 좋다고 했다

그런데 우리가 쓰는 글은 누구를
위한 글이며 시를 쓰는 것인지
멋있는 단어 폼나게 좋게 쓰는 글들

독자님들이 보고 이해할 수 있는
그냥 한글로 은유법 쓰지 말고
글쓰기를 원하는 독자가 많다는 생각이 든다

제4부

세상은 무지개

허물고 만든 꽃담

시골 풍경 돌담 허물고
예쁜 꽃나무 꽃담 만들어
그래도 부족한 꽃담 꽃모종

새싹이 뾰롱뾰롱 예쁘게
나랑 함께 눈 맞춤 입맞춤
꽃나무 눈망울 뒹굴뒹굴

질투의 눈망울인 양 뾰로통
좋아 너도 한번 안아주지
예쁜 꽃 색시 데리고 오길

무궁화 웃음 짓네. 걱정 말라네
예쁜 미소, 빨리 보고프다
성미 급한 나는 한참 중얼중얼

예쁜 꽃담 한 줄 이웃들 얘깃거리
오늘도 웃으며 꽃모종 나누기^^
꽃씨도 나누기 서로들 웃는다^^

소환

뇌리(腦裏)에
옛 그림
오늘도 말없이
소환해 데려왔네

파란 꽃신
끌어안고
아버지를 그린다
사랑의 꽃무늬 고무신

꽃신을
소환해서
초승달이 된
사랑의 꽃고무신

앞 냇가
풀숲 물살 훑어
잡은 송사리 떼
아름다운 어항의 꽃신

고향

아련히
잊지 못할
그리움의 고향

석양빛
끌어안고
꿈길마다 고향

하늘빛
저물어가도
보이는 고향 하늘

잠꾸러기

남녘에
봄소식 많이
들려오는데 넌 뭐해?

아직도
잠에서 덜 깨어난
봄 아가씨 얼굴 좀 보소

목련은
털모자 아직 쓰고
왕 벚꽃 눈뜰 생각 없네

잠꾸러기
봄 아가씨들 일어나
세수하고 세상 구경하자

봄바람 와서
흔들어 깨우면 될까
언제쯤 일어날까 잠꾸러기

아버지

뇌리(腦裏)에

옛 그림

오늘도 말없이

소환해 데려왔네

파란 꽃신

끌어안고

아버지를 그린다

열다

열었다
새벽을 열고
하늘을 향하여 고른 숨

오늘을
열었다 하룻길
행복을 안고 하늘을 본다

웃었다
그분이 나를 본다
나도 하늘을 향해 웃었다

걸었다
오늘의 길을
절대자와 함께 가는 길

행복을 안았다
마음의 문 열고
오늘을 걷고 웃는다

춘분(1)

완연한
봄비가 내리는 날
춘분의 비가 오는구나

밤낮 길이가
똑같다고 하는 날
황도와 적도가 교차하는 지점
중간 지점의 절기라 한다네요

오늘의 단비는
우리들의 축복의 단비
땅속의 생명은 완전한 봄맞이

아주 예쁘게
솔솔 뿌려주는 촉촉한 단비
즐겁게 춘분을 맞이할 수 있는 날
행복 즐거움 충만한 축복의 날

춘분(2)

우리들의 행간 속 멋진 춘분
서로의 삶의 분량은 다르지만
오늘처럼 낮의 길이와
밤의 길이가 같은 것처럼

우리들의 삶의 행보에도
똑같은 시간의 길이가 되길요
마음의 어깨동무하고
즐거운 날 되길 바라보며

사랑의 눈높이와 함께하는
사랑의 길이도 똑같은 걸음
함께 할 수 있는 춘분의 행간
오늘의 모든 마음의 거리 되길

생명의 길이는 마음대로 못 해도
오는 만큼은 이것조차도 춘분의
길이처럼 마음대로 하고픈 욕심
생동하는 봄이 완연하길 바라요

겨울잠

대문 앞 아기 목련
설한풍 놀랬는지
아직 깊은 겨울잠

참새들 나뭇가지
귓속말 속삭여도
들었는지 모른 척

봄 햇살 따사롭다
꿈속에서 깨어나라
꿈 속을 헤매는 목련

약이 된 세월

철없이 남편 만나 시집와
세상 삶이 너무 힘들어
죽고 싶은 생각이 수천 번
남몰래 흘린 눈물 얼마런가

말없이 눈물 반 한숨 반
시간이 약이려니 세월이 약이라고
친정 할머님 언니께 하는 소리
듣고 배우며 마음 밭에 심었네

집안 소리 나갈 때 담에 걸고
밖에 소리 들어올 때 담에 걸고
아무리 고된 시집살이라 해도
말 옮기지 말라는 가정교육

석삼년 참으려니 팔 년 되니
그냥저냥 참고 참아 삭혀지네
딸 아들 낳아 키워 효도 받고
살다 보니 이런 때도 오네요

소녀

하얀 눈 소녀
미소의 반해서

한 가슴 두근두근
지금도 못 잊어

그려보는 소녀
이름 몰라 미안

키 낮은 소녀
예쁜 야생화

야생화(1)

초록의 하얀 눈
등산로 나목들
서로들 키재기

초록의 하얀 눈
땅에서 은근슬쩍
아무도 몰래 뜬 눈

쳐다보고 사방을
살펴보며 방긋방긋
하얀 눈 소녀야

수줍어 숨었냐
언덕배기 누워서
생긋 웃는 예쁜 소녀

잊을 수 없어서
지금도 그날의 추억
여기에 그려 본다

하얀 별

깊은 산속 하얀 별
나목들의 키재기
이름 모를 새들의 찬미

숨어서 피워내는
하얀 별꽃들 방긋
나도 즐거운 산길

땅 위에 떨어져
웃는 하얀 별님
너는 어디서 왔냐

등산객 즐거운 웃음
나도 네가 예뻐서
초점을 맞춰 윙크

찰칵 놀라지 말길
우리 모두 즐겁게
콧노래 하얀 별님

야생화(2)

초록 치마 두르고
몽실몽실 하얀 꽃
가지마다 몽실몽실
방긋 웃는 다이야

이름 모를 야생화
아무리 들여다봐도
너는 낯설어서 몰라
윙크하며 찰칵찰칵

등산로에 만난 너
지금도 궁금하네
나목들 키재기를 하는데
너는 땅을 기어 피는 꽃

꽃들이 너무 작아
사람 눈에 잘 안 띄어
엉금엉금 기어서
예쁜 꽃잎 피우네

나의 삶

나의 삶

행복했다

지나온 뒤안길?

역시 행복이라

대답하고 싶다

고생 없는 삶이

어디 있을까?

행복했노라

즐겁게 왔노라

계요동

립스틱 짙게 바르고
누구를 만나려고 궂은비
장맛비 아랑곳하지 않고
바깥쪽 살짝궁 빼꼼

임 마중 가는 것인지
어여쁜 그 모습 모두
쳐다보고 있는데 너는
어이 못 본 체
먼 산만 보냐

지혜로움 이 넘쳐나는 너
예쁜 짓 다 하면서
가까이 오지 마세요
손을 대지 마세요
조심할 게 보고만 있을게^^

– 계요동 꽃말 : 지혜롭다

별리(別離)의 눈물

부모님 마지막 인사
하늘 위로받으면서
천군 천사 길 인도로
가시는 임 이별의 슬픔

효자는 더 못다 한 슬픔
가슴 치며 슬퍼한 울음
불효는 불효했던 생각
가슴 치며 슬픈 울음소리

땅 위의 영원한 이별은
이래저래 슬픈 곡조의
눈물과 이별이지만 또
삶이 힘들어 힘든 자책

가슴 치는 슬픈 울음 속
서글픈 눈물도 많이 있다
선자의 눈물이면 좋으련만
삶이 각양각색 어쩔 수 없네

헌 옷

이렇게 걸었다
겨우내 벗어둔 헌 옷
나목들의 잔상을 밟으며

숲을 찾아 헤매는
산새들과 함께 걸었네
세월의 무상 속 걸음 추억

또 한 번 접어보는
종이비행기 같은 추억
오늘은 혼자 바람 따라 훅

봄바람이 물고
너울너울 춤을 추며
강물 따라 날려보내는구나

헌 옷 같은 추억
싣고 훌훌 벗어던진
세월의 땟국 묻은 여행자 옷

허상

새것도 없네
나의 모든 작품
누구든 모두 그분 작품
잘난 사람 못난 사람

목을 보아라
힘주지 말고
목을 떨구지 말아라
모두 사계절 그분 것이네

웃으며 화목만
생각하라 긴 세월 아니네
여행길에 만난 벗들
웃으며 세월 낚시 군 되라

세상은 무지개

세상은 무지갯빛
하늘만 무지개?
착각 속의 삶이다

미로 같은 세상살이
산천초목 무지갯빛
알록달록 인생살이

이내 마음 무지개
대문 빗장 열어놓고
아름다운 삶의 현장

봄꽃 활짝 웃는 길
예쁜 물감 물 드려
무지개가 걷고 있다

제5부

세월의 늪에서

교만

훌륭한 작품도
신의 작품만 할까
신은 바람 하나로
세상을 바꾸는 작품

새것이 어디 있어
옛것들뿐 원초의 것
잘난 작품 못난 작품
지우는 바람인걸

그 바람은 누구의 것?
영원한 절대자의 것
인간의 작품 자랑 말자
남은 것 신의 작품뿐

잊은 이야기

해묵은 장아찌
맛이나 좋지

인간 세상 묵은 길
허둥대다 잊었네

갈팡질팡 무엇이
가을 여행 가방 속

웬 봄이 꽃나비
벌들이 가득 들었네

단풍잎이 갈바람
휘몰아 떠났나요. 훽

젊어진 가방 속 국화 향
잊은 가을 얘기 봄이 가득

바람이 깨우다

드디어
봄바람이
목련을 간지럽혀

목련이 참다
웃었다 입을 열었다
호호호 하하하 간지러워

멋진 바람님
신이 주신 예쁜
흔들바람 봄바람 웃었다

목련이
하늘 향해 하늘 눈과
마주하며 하얀 미소 보낸다

꽃비

남녘에는
꽃비가 내린다고
아침저녁 소식 오네

벚꽃 비 나비 되어
팔랑팔랑 내리는데
이쪽 비는 하염없이

이 마음 젖어드네
오늘이나 내일이나
툭 털고 일어나고파

봄만 되면
마음이 젖어들며
온몸이 몸살 하네

세월의 늪에서

흐느끼는 바람
드디어 눈물이 뚝뚝
세월의 강 늪에서

종일토록
쉴 사이 없이 소리 높여
울음 소리 내는구나

흐르는 물결 소리
우는 바람 흐느끼며
나도 함께 울며 걷는다

아~
세월의 강 늪에서
비바람과 함께 떠나간다

바람과 목련

흔든다
바람이 계속 흔든다
잠에서 깨어나는 목련

오늘도
눈을 실눈 뜨고 살짝
뜬 눈 바깥쪽 살펴보네

무엇이
그리 의심스러워
며칠씩 조바심 내느냐

오늘은
결국 눈뜨고 입 열고
방긋이 웃어주는 목련꽃

몸살

창밖 목련

화사하게

웃는데

바람이 휘 잡고

흔들어대고

목련은 도리질

보는 자 어지럽다

봄바람

아침 빗물
꽃잎들 세수
바람이 불어요

솔잎 꽃잎 풀잎
모두 흔들어
방긋이 예쁜 잎들

하늘은 오늘도
부지런히 바람과
햇살을 불어주네

한들한들 춤사위
뭉게구름 둥둥둥
하늘 바다 헤엄치네

고난 주일

죄인들이 씌워 피 흘린
가시관 승리의 면류관
믿음 있는 자 모두 머리로
죄를 짓지 말고 승리하라

옆구리 창으로 흘린 피
심장 뜨겁게 믿음으로 가라
옆도 뒤도 살피지 말고 앞만
보고 믿음의 길로 행하라

두 손과 두 발에 못 박혔으니
두 손으로 탐하지 말라
두 발로 죄의 길 가지 말고
바른길 걸어가길 원하신 주

고난주를 통하여 우리 모두
주님의 뜻을 잘 알고 가자
헛된 고난 되지 않게 주님
원한 구원의 피로 된 형제여

기다림

낮에는 해님과 함께
언제 오시려나 기다림

밤에는 달과 별님
은하수 강 건너오시려나

바람 꽃등 흔들어
조각난 소복 차림 뚝뚝

흰나비 되어 팔랑이며
조각난 목련의 기다림

어린 시절 추억

클로버 꽃시계
제비꽃 반지 만들어
묶어주고 끼워준 머슴애

추억이 아롱아롱
아마도 멋진 신사?
대구로 유학 가던 날

찾아온 날 숨었지
난 잘 가라는 말도 없이 헤어짐
난 영주로 유학 영영 이별

지금은 멋진 노신사
그네 아버지 판사님
대구에서 멋진 판사였지

꽃반지의 약속

담 밑에 조용히
고개 숙여 방긋
진보라 예쁜 임

우리 언니 마음
나에게 만들어 준
제비꽃 예쁜 반지

주걱턱 조금 끊고
줄기 끼워 만든
종일 울지 말기 약속

약속의 반지 끼고
그 반지 빠질까 봐
손과 반지 보느라
울 시간 없는 동생

그리움 안고

해 맑은 날씨
꽃도 잎도 모두 다
기지개 켜고 하품하며

나의 어깨 위에
언제나 살포시 기대고
내 가슴속 스며들며 안기네

추억을 한 움큼 잡고서
아련히 눈동자 깊이
쌓여서 떠나지 않는 그리움

안고 가야 할
사랑하는 나의 그리움
아지랑이 속삭이듯 안기네

생일

오늘이
귀빠진 날
생일이라고 아들
며느리 미역국 케이크 봉투

지난주
토요일은 딸 손녀
케이크 회 봉투 두 번씩
멀리 있고 시간 없으니 두 번

이런 호강
시누이 시동생들
축하 메시지 야단나고
동서들 전화로 축하 불난다

친구들
메시지 전화통 법석
밥 먹을 시간 없네. 바쁘다
손전화 불나겠네. 고맙네. 모두들

안녕

인사를 하네
안녕이라고
삼월이가 간다네

목련이 손잡고
팔랑팔랑 함께 가자네
지는 꽃 삼월이 따라가네

후회 없이 훨훨
개나리 파란 이파리로
사월이 만난다고 손 밀고

웃음꽃 벚꽃도
나비 되어 나풀나풀
모두 떠난다네 잘 가거라
삼월이 손잡고 안녕, 안녕

매일 타고 싶어

자가용은 없고 차는 타고 싶고
면허증도 없고 차는 타고 싶고
버스 타고 싶어도 코로나 겁나
타고 싶어도 못 타고 비장의 결심

매일 같이 꽃밭 나가 태양을 타네
태양을 타고 보니 기름때가 까맣게
전신에 묻어서 까맣게 타고 있다
얼굴도 타네 차를 못 타니 태양 차

건강미 철철 흐르네. 까맣게 타니
없던 티도 많이 생기니 부자 됐네
타고 싶어 탔으니 누구 원망 없네
지금도 계속 태양 빛을 잘 타네요

그리움이란

보고싶다
그리워진다
우리는 서로
추억을 쌓는다

그리움이
움트는 날
사랑이 오는 날

살아있는
생명들에게만
가능한 일이다

만끽하며 살아가자
열심히 살아가자

고난 주간

세상 죄 대신하심
가시관이 승리의 면류관
죄인들은 모르네

죽은 생명 살리신
세상 죄인들은 모르네
믿는 자들만 알고 가네

알아도 지키지 못하면
주님 가신 그곳에
아무나 못 가네

주여! 주여! 한다고
모두 가는 곳은 아니네
그러면 천국은 복잡하다네
기도하고 승리하자

꿈결 같은 경주

세월은 꿈결
꽃잎이 피고 지듯
가버린 꿈결

깨어나야 할
꿈속의 환상 같은
깜짝 깨고 보니

빠르게 왔구나
그때는 숨 가쁘게 왔네
숨찬 줄 모르고

또 달려서
가야 하는 이상한
경주를 오늘도 달린다

마음 부자

잔인한 사월
아니 행복한 사월로
즐겁게 사월을 걷는다

뚝뚝 떨어뜨린 꽃잎들
이유가 있겠지
모든 것이 신의 명령

그 뜻을 거스를 자 없네
행복과 기쁨과 즐겁게
걸어가는 마음 부자

제6부

친구가 그리운 날

부활의 주

다시 살아나셔
의심 많은 제자에게
못 자국 확인 시키신
죽음에서 다시 사신 주

사흘 만에 부활의 주
부활이 없으면 우리는
그분을 믿을 필요가 없다

확실한 것은 믿는 자는
그분의 길에 들어갈 수
있다는 확신으로 믿는다

부활의 주를 따르는 길
승리의 길을 걷고 있다
부활의 새벽에 할렐루야
아멘

꽃의 변신

몇 날 사랑을 한 아름 안고
세상을 찾아온 너 이렇게
연분홍 꽃나비로 팔랑인다

꽃길을 만들어 즈려밟고
가소서 다소곳이 내려앉네
맑은 날 꽃비가 내린다

영주 선천 둔치 벚꽃 잎 웃네
하늘은 천명하고 소리 없이
내리는 꽃비가 하염없이 오네

곱게 곱게 살랑이며 임이여
꽃길로 사뿐사뿐 걸어오소서
꽃비 되어 곱게 즈려 오소서

친구가 그리운 날

친구가 그리운 날 보고프다
너와 둘이 올미 장대 캐어 까만
올미 개울가 빨랫돌 위에 문질러
속은 하얗게 깨물어 먹던 시절

들로 산으로 참꽃 따 먹고
소나무 어린순 송구 막대 훑어서
꿩의 털 뽑아라 닭털 뽑아라
지천에 먹거리 널렸었지 친구야

먹거리 지천인데 그때가 생각난다
뽕나무에 매달려 까만 오디 오롯이
생각난다. 친구 너는 지금 무얼 할까
그때 그 맛 내가 이젠 늙어가는 모양

봄비

주룩주룩 봄비
새싹들 소곤소곤
맛있는 하늘 물

밑거름 뿌려둔
땅들의 웃음소리
파란 잎들 까치 손

이제 밭갈이 제대로
봄비 오는 소리
나도 반겨 손뼉 치네

씨앗 뿌려 자라길
기대하며 씨앗 준비
모두가 바쁜 일손

밤새워 봄비 온다
반기며 내일 영주 장날
씨앗 사고 기쁜 준비
반가운 봄비

자랑스러운 한글

지구촌 조그마한 나라
자유 대한민국
머리 좋은 국민들의 작은 나라에
나의 나라 글이 있다는 것

세종대왕님이 백성을 위하여
만들어 주신 한글
영어도 좋지만 말 한마디 글
한글을 세계어로 만들자

전 세계 방방곡곡 펼치세
우리는 자유 대한민국은
귀한 유산으로 받은 한글
세계의 자랑이라 알리자

우리들의 할 일은
한글을 전 세계에 가르치는 것
그것이 국회도 모든 정치인들이
꼭 해야 할 의무다

급할까?

아장대는
봄 아가씨 걸음
바람님 밀어서
바쁜 걸음, 어쩌나

급히 지나갈
봄이의 걸음 같네
아장대던 봄이 가
바람님 밀지 마세요

오래도록
내 곁에 있어주길
하룻밤 자고 나면
꽃잎이 벙글어 웃네

아픈 마음

딱딱한 나무가 이길까?
연하고 연한 풀잎 승리?

아버지의 물음에 철없는 난
딱딱한 나무가 승리라

틀렸다 아버지 말씀하신 답
연한 풀잎들이 승리한다 답

이유인즉 딱딱한 나무 꺾이지
유연한 풀잎은 밟아도 산다고

어린 나이 아버지 말씀 이해 못 함
자라면서 알게 된 아버지 교훈

그러나 경우에 맞게 잘 살아라
하신 말씀 잊지 않고 살아도

늘 절대자 앞에는 저녁마다
머리 숙여 회개기도 눈물방울

시원한 행복

연초록 수양버들
물그림자 거울 보고
너울너울 춤을 추네
오늘을 행복하게 웃네

나도 오늘을 행복하게
세상 향해 웃으며 가자
절대자의 손잡고 나들이
마음의 거울도 비추며

한 걸음 두 걸음 걸어보자
그분이 우리에게 맡겨둔
아름다운 지구 동산 위를
즐겁게 콧노래 흥얼대며

병균

밤새워 오는 비
세상 죄 모두 씻어 깨끗해
지상 천국 바라보며
소원 기도

인간의 죄로 인해
인류의 이름 모를 병균
세상 죄로 인함을 모르는
아우성들

빗줄기 따라서
떠내려가도 걱정
바다를 오염시켜
죄를 먹고 마시고

사람들은 모르네
자기가 죄인인 것을
봄비가 쏟아져 내린다
모두 쓸어 묻어 버려라

백의의 천사

오늘도 아픈 상처
치료하면서 무던하고
마음 착한 손녀 진리
이 세상에 나의 손녀로
태어났음을 감사한다

이름이 진리라서 조심
세상 사람들에게
진리다운 행동으로 욕먹지 않게
사랑으로 키운 손녀
아끼며 곱게 키운 진리

하늘의 복과 땅의 복을 받으라고
기도하며 키운 진리
나쁜 말 듣지 않게 키우느라
노심초사
곱게 곱게 가슴 아픈 손녀

동백의 사랑

내가 너를
못 잊어 내 눈이
이렇게 그리워 울다

눈물 가득
담고서 여기까지 찾아
한달음에 왔노라

나 보고파
너도 이렇게 뚝뚝
그리워 떨어지는 동백꽃

누구보다 그대를
사랑합니다. 맹세하던
너의 말 내 어이 잊으리

– 동백 꽃말 : 누구보다 그대를 사랑합니다

사랑

사랑한다
사랑한다는 말
부끄러워
새빨간 너의 얼굴 보면서
술이 고파 빨간 입술
빨간 장미꽃 술

술이 고픈 마음으로
너에게 눈 맞춤
입술을 곱게

오늘도 벼르다가
가시 때문에 못 먹고
눈만 맞추었네. 찰칵

복사꽃

연분홍 하얀 속살
너에게 빠져 버렸네

어쩌다 너에게 내가
노예가 되어도 너와 함께

내가 사랑할 수 있다면
사랑의 노예가 되어도

후회 없이 사랑하리라
이것이 정녕 나의 희망

널 내가 가질 수만 있다면
너의 사랑의 노예가 되리라

- 복사꽃 꽃말 : 희망, 사랑의 노예

나들이

다 늦은
꿈을 안고 나들이
멋지게 손녀랑

고속도로
춘천으로 달린다
산천초목 봄맞이

하얀 손
산 벚꽃 친구
반가워 웃어 주네

눈 향기에 취한
무조건 찰칵
치악 휴게소 벚꽃

감자의 변신

예쁘지도 않고 못생긴 감자 너
그래도 모두에게 사랑받는 감자
껍질을 홀라당 벗겨도 말 없는 피눈물
뽀얀 살 들어내며 탕 속에 풍덩 목욕 후

뜨거운 가마솥에 김이 나도록 찜질방
푹푹 쪄서 뽀얀 살 속 분단장 예뻐 예뻐
목이 메도록 양대 콩 밀가루 분칠해
찹쌀가루 듬성듬성 넣어 몸에 찰떡궁합

맛있게 한 끼 배부르게 먹었지. 어린 시절
당원 가루 넣어 달콤한 너의 그 맛 못 잊어
지금은 완전히 변신하여 요렇게 예쁘게
맛있게 빵으로 변신한 속이 꽉 찬 감자 빵

망고 모양으로 변신한 감자 너의 모습도
여러 가지 빵 모양으로 그래도 근본은 감자
춘천 소양강 구경 후 내려오며 딸과 손녀
함께 맛있게 냠냠 여러 모양 변신한 감자 빵

하늘 물

하늘이
이 넓은 대지에
물을 뿌려주네

연둣빛으로
생명체 풀잎들
깨어나 하늘을 보네

우리들 걸음
행복의 날개를 펴서
연두 사랑에 녹는다

세상은 하늘 물
목욕하고 새롭게
꽃단장 한창이 어라

내 마음도 설레면
빗물에 젖어드네
푸른 잎 손잡으려고

문신

딸 엄마 나랑 가셔요
가실 때가 있어요
눈썹 문신해요
아~ 깜짝 놀랐네

금액 지불했다네
어쩔 수 없이
거울 보고 깜짝 놀라
마음에 안 든다

그냥 살았는데
어제하고 오늘
집에 왔다 부끄럽다
남편 웃는다. 나도 웃었다

다 늦게 문신
예쁘지도 않은 얼굴
이웃 보기 부끄러워
남편의 왈 모두 한 것 같은데

돌아오다

강남 갔던 제비 왔네
대한민국으로 옛날 집
자기 지은 옛집 잊지 않고
머나먼 남쪽에서 왔네

올 때 코로나 모두 털고
한국에 날아왔는지 궁금
반갑다 제비 너의 모습
사랑한다. 귀한 손님 제비

춘천 우리 딸애 집에서
만난 제비 밤에 제집에
잠자리 두 마리 한 쌍이
나란히 잠자리 들어갔네

행복한 세상

불만으로 보면
밑도 끝도 없고

행복으로 보면
날마다 즐거움

한번 온 세상에
행복하게 살자

불행은 다 있다
웃으며 즐겁게

살다가 부르면
툭 털고 떠나자

보기 나름

생각과 보기 차이
풀포기로 보면 풀

풀도 꽃잎으로 보면
아름다운 꽃잎이요

세상은 보기 나름
생각과 안경의 차이

아름다운 우리 꽃
모두가 꽃물 사랑

온천지 꽃이로세
이 꽃 저 꽃 아름다워

생글방글 웃음꽃
밤에도 별꽃 세상

□ 서평

발견과 나눔의 즐거움이 있는 행복

– 이정희 시집 『문인들의 글밭』

최 봉 희(시조시인, 평론가, 글벗 편집주간)

사랑을 하는 사람은 언제나 민감한 법이다. 그리고 섬세하다. 나뭇잎 하나 흔들리는 것도 그냥 보지 않는다. 구름이 흘러가는 모습, 그냥 바라보지 않는다. 사랑의 모습으로 바라본다. 작은 새가 우는 소리도 그냥 지나치지 않는다. 모두가 사랑의 시가 되고, 노래가 되며, 사랑의 몸짓이 되는 것이다.

우리가 연인을 사랑할 때처럼 삶을 사랑하며 살아간다면 하루하루가 얼마나 기쁠까? 이웃 사람들의 목소리도 또렷이 들릴 것이다. 꽃 한 송이, 나무 한 그루의 몸짓도 행복하게 보이리라. 그 때문에 모든 만남이 새롭고 행복하지 않을까?

이정희 시인은 사랑이 가득한 청춘 시인이다. 언제나 열정으로 자연을 사랑하고 이웃을 사랑하며 시를 사랑한다. 그 때문인까? 그의 시에는 항상 '청춘'과 '젊음'의 정신이 가득 담겨있다.

실개천
흐르는 소리 졸졸
남녘에는
봄소식 들리네

우리들 마음도
늘 봄이 왔으면
몸은 가을
마음은 청춘

즐거운 하룻길
청춘이길 바라며
기분 좋은 날
– 시 「청춘」 전문

시인은 어느 봄날, 싱그러운 봄소식에 마음의 봄이 온 것이다. 하지만 신체적으로는 가을이다. 시인은 이에 마음은 청춘이라고 말한다. 시인은 청춘으로 즐거운 인생을 살고 싶은 것이다. 그의 즐거운 삶은 바로 시 쓰는 활동에 있다.

그 청춘은 세월 앞에 무색하다. 하지만 전혀 겁을 내지 않는다. 오히려 세월에게, 그리고 청춘에게 함께 가자고 말한다.

하늘은 높고 높아
푸른 청춘 겁 없네
넓은 땅 뛰고 달려

그 또한 겁나겠나

시냇물 흐를 때
푸른 청춘 따라 흘러
불러도 찾아봐도
어디로 갔나 그 청춘들

해는 서산에 기울고
동녘 하늘 달뜨는데
임은 바람 끝 잡고서
어서 가자 재촉하네
- 시 「인생」 전문

네 번째 시집 『문인들의 글밭』의 상재는 그의 열정이 빚은 결실 중에 하나다. 이정희 시인은 끊임없이 매일 시를 쓰고 있다. 그 결실은 청춘이 세월과 함께 떠나가고 흘러가다. 언젠가 준비해야 하는 이별은 애절하다. 하지만 숭고하다. 왜냐하면 그 세월과 청춘의 떠나감을 순순히 인정하면서 받아들인다. 그리고 그 삶을 기록하고 진실을 담아 매일 기록하고 있기 때문이다.

이정희 시인의 시에는 발견의 즐거움이 있다. 시를 통해서 삶을 성찰하고 깨닫는 삶을 진솔하게 기록하고 있다.

세상의 만물은 모두가 자신을 완성으로 이끌어갈 의무가 있다. 완성을 위한 노력이 삶의 기본적인 원칙이다. 그러므로 우리는 그 완성을 육체적으로 혹은 자연적인 욕망에서

얻으려 해서는 안 된다. 늙고 병들어 죽는 것은 인간의 운명적인 과정이다.

봄은 왔건만 떠난 그대
청춘이여 영원토록
함께 갈 줄 알았는데
아니었네. 배신자여

어깨동무할 때는 언제고
말없이 약속도 없이 떠난
배신자 나의 사랑 청춘아
영원한 이별일 줄 몰랐다

너 어이 그리도 무심하냐
세월과 함께 떠날 줄 몰랐다
배신자 청춘 너였더냐 아님
세월의 꾀임에 넘었더냐

어차피 떠난 널 원망해 무엇해
잡을 수 없다면 이별이나 멋지게
잘 가거라 청춘아 이별의 동배주
세월과 함께 떠나보내며 이별주
– 시 「이별주」 전문

우리 주변에 잘못된 관념에 사로잡힌 것이 있다. 그것은 다름 아닌 신체가 늙으면 인생 자체가 늙어버린다는 착각이다. 그래서 소중한 정신적 건강과 성장을 일찍 포기하는 사람도 있다. 그것은 말할 것도 없이 인생의 중요한 부분을 상실하는 일이다. 신체적 건강도 그렇다. 정신적 건강을 가진 사람이 건강한 신체를 유지하는 법이다. 육십을 넘긴 뒤부터는 더욱 그러하다. 그 때문일까? 시인은 푸른 오월을 계절의 여왕으로 추억한다.

그때도 오월은 있었지
그때도 장미가 여왕이었어
오월은 늘 장미의 계절
노래를 불렀지 여왕이라고

미스코리아도 이때 뽑았지
그리운 계절이었지
아련하게 아지랑이처럼
늘 그리움이 있었네

시를 쓰고픈데 너무 몰라
방법도 모르고 답답한 마음
아련히 떠오르는 글귀들
썼다가 찢어 버리고 했지

지금도 오월은 장미가 여왕
오월아, 왔거든 가지 말아라
그리움 한 아름 안고 있네
내 사랑 때가 되니 오는걸
- 시 「여왕」 전문

시인에게 5월은 그리움의 계절이다. 그 때문에 시를 쓰는 계절도 오월이었다. 그리고 무던히도 그리움과 추억의 글을 쓰던 시절이었으리라.

그렇다면 인간의 완성은 어디서 오는가. 인격의 충분한 성장과 우리의 삶의 의미를 역사와 사회 속에 남기는 일이다. 때로는 우리는 내 늙음과 성장을 환경에 맡겨버리는 일이 많다. 이는 잘못된 일이다. 이때 용기가 필요하다. 지적 판단이 필요한 순간이다.

장년기가 되면 일에 대한 신념이 필요하다. 옳고 그름을 알아야 한다. 해야 할 일과 해서는 안 되는 일을 가리는 가치판단이 절실하다. 그 뜻을 어기게 되면 실패와 불행을 자초하게 된다. 그런 면에서 이정희 시인은 그 용기를 글 쓰는 일에 집중하고 있다.

엄마가 없어서 할머니의 돌봄으로 자라온 세월, 할머니는 늘 눈물꽃이었지만, 손녀의 꽃은 웃음꽃이었고 해당화였다. 결국에는 할머니가 원하는 소원성취의 꽃이 된 것이다.

할머니의 꽃잎 눈꽃잎
엄마 없고 젖 없는
손녀 키운 꽃
눈꽃 녹아 손녀 꽃 활짝 피었네

가슴 아픈 눈꽃이어라
손녀 꽃 해당화꽃

눈꽃만 하리오

할머니 꽃은 눈물 꽃잎
손녀 꽃 웃음꽃
활짝 핀 꽃
할머니 소원성취 꽃
– 시 「꽃이 피는 날」 전문

어둠을 밝히는 초는 빛을 발하는 동안에 사라져 간다. 그 빛의 책임을 다한 뒤에는 초로 남지 않는다. 하지만 초가 남겨준 빛은 완전히 차원이 다른 밝음으로 이 우주 공간에 영원히 남는다. 그것이 바로 꽃이 피는 날이리라.

오른손이 하는 일
왼손이 모르게 하라
모든 일은 비밀로 하라
신앙도 자랑치 말자

아무도 모르게
골방에서 기도하라
은밀히 하신 이 그분은
졸지도 주무시지도 않으신다

예배드리는 것 새벽 기도 방송해야
신앙이 좋은 건가
믿는 자는 당연히 간구할 일

외치고 소문내고 자랑치 말자

그것을 부끄럽게 여겨라
외치는 소리 그 믿음
남의 믿음 자기 저울에
달아보는 외치는 자니라
– 시 「비밀」 전문

한 알의 밀알이 땅에 떨어져 썩어야 한다. 그것이 하나님의 섭리이며 참된 삶의 의미이리라. 그래서 신앙인들은 죽음은 영원에 동참하는 영적 삶의 새로운 탄생이라고 하지 않았던가. 그런 면에서 소담 이정희 시인은 다름 아닌 글쓰기를 통해서 자신의 삶을 기록하고 헌신하고 있다. 어쩌면 그것은 하나님이 허락해 주신 그에게 부여된 비밀이자 사명일지도 모른다. 그래서 시인은 겸손하게 자신의 글쓰기를 조용히 가리고 덮는다.

이 시간
함께 하시며
종일 아니 영원토록

그래도
늘 목마름으로
갈증을 느끼게 하는

절대자

당신 가까이
두시려는 사랑의 임

이 시간도
함께하심 영원히
부족한 나의 동행자
- 시조「함께 하심」전문

우리는 육체가 늙으면 정신도 늙어가는 것으로 생각한다. 그것은 분명 착각이다. 신체 나이와 다르게 정신은 해가 갈수록 더 깊어지고 성숙해질 수 있다. 그 때문일까? 사람들은 정신적인 성장에 젊었을 때만큼 노력하지 않는다는 것이다.

나이가 들수록 더 성숙해질 수 있다. 그럼에도 불구하고 현상 유지는커녕 더 퇴보하는 삶을 사는 것은 엄청난 기회를 상실하게 되는 것이다.

맹자의 인생삼락(人生三樂)에 살펴보자.

첫째는 부모가 모두 살아계시고 형제들이 아무런 일 없이 건강한 것이다. 이것은 우리의 노력만으로 이룰 수 없다. 이것은 하늘이 우리에게 내려주는 즐거움이다. 불행하게도 이정희 시인은 어린 시절부터 부모의 존재보다도 할머니의 보살핌 속에서 살아왔다.

둘째는 하늘을 우러러 한 점 부끄럽지 않고 땅을 내려보아 남에게 창피하지 않게 사는 것이다. 이것은 우리가 살아가면서 만들어가는 즐거움이다. 이는 이정희 시인이 꿈

꾸고 추구하는 삶이다.

셋째는 천하의 똑똑한 영재들을 모아 그들을 가르치는 것이다. 이는 우리가 세상에 나눌 수 있는 즐거움이다. 이정희 시인은 글벗문학회에서 리더이자 안내자로서 후배들을 이끌고 이웃을 섬기면서 나눔의 삶을 살고 있다. 아침에 문학의 창을 열고 저녁에는 다소곳이 편안한 휴식을 안내하고 있다.

바람이 분다 / 꽃바람 분다
바람이 분다 / 웃음 바람 분다

절대자 붓을 잡으셨다
산천초목 색칠 골고루
우리들 정원

이 아름다움을 받은
나는 행복하다
하늘이 주신 꽃동산

천만 가지 꽃들이
모두 내 것인 것을
보고 웃자 웃음꽃
나누며 걸어가자
– 시 「꽃바람」 전문

소유가 인생의 목적이 아니라면 무소유도 삶의 목표는 아니다. 인간은 소유를 지니고 태어난 존재가 아니다. 오직 몸뚱어리만 존재할 뿐이다. 몸의 부분이 어떤 기관이나 세포가 홀로 존립할 수 없듯이 인간도 공동체를 떠나 홀로 살 수 없다. 더불어 살게 되어 있다. 태어날 때도 그렇고 죽음도 사회적 공동체를 떠나는 일이다.

그렇다면 무소유의 삶이란 어떤 것인가. 나를 위해서는 적게 가지고 이웃을 위해서는 나누는 삶이다. 그 정도의 노력에 따라 인생이 평가받을 수 있다. 나는 많이 갖고 이웃에게는 적게 나누는 것은 잘못된 인생이다.

연초록 수양버들
물그림자 거울 보고
너울너울 춤을 추네
오늘을 행복하게 웃네

나도 오늘을 행복하게
세상 향해 웃으며 가자
절대자의 손잡고 나들이
마음의 거울도 비추며

한 걸음 두 걸음 걸어보자
그분이 우리에게 맡겨둔
아름다운 지구 동산 위를
즐겁게 콧노래 흥얼대며
– 시 「시원한 행복」 전문

자연 속에서 시인은 자연처럼 그리고 시를 노래하면서 사는 삶을 사는 것이다. 그것이 시원한 행복이라고 말한다. 결국 시인은 아름다운 생각을 나누고 따뜻한 마음을 나누는 존재가 아닐까? 그런 면에서 이정희 시인은 삶을 나누고 글 나눔을 통해서 행복을 찾는다. 그렇다면 시인이 생각하는 행복은 무엇일까?

열었다
새벽을 열고
하늘을 향하여 고른 숨

오늘을
열었다 하룻길
행복을 안고 하늘을 본다

웃었다
그분이 나를 본다
나도 하늘을 향해 웃었다

걸었다
오늘의 길을
절대자와 함께 가는 길

행복을 안았다
마음의 문 열고
오늘을 걷고 웃는다
– 시 「열다」 전문

시인이 생각하는 행복은 진정 마음의 문을 여는 것이라고 말한다. 나와 그리고 하나님께 오늘 마음의 문을 여는 것이 행복이다. 그리고 웃음으로 사는 삶, 아름다운 동행의 삶이 바로 행복이다. 다시 말해 세상을 향해 마음의 문을 열고 절대자와 함께 오늘을 함께 살아가는 행복, 그것이 시인이 추구하는 행복이다.

뚝뚝 떨어뜨린 꽃잎들
이유가 있겠지
모든 것이 신의 명령

그 뜻을 거스를 자 없네
행복과 기쁨과 즐겁게
걸어가는 마음 부자
- 시 「마음 부자」 일부

시인은 글 나눔을 하는 마음 부자이다. 꽃이 피고 지는 삶을 살아가면서 자기가 처한 현실에서도 시인은 신의 명령에 순종하는 삶을 살고자 한다. 그것이 진정한 행복이라고 말한다. 행복과 기쁨이 즐겁게 걸어가는 삶, 그것이 진정 행복한 삶이라고 말한다.

시인은 본인이 꿈꾸는 문인들의 글밭에서 풍성한 풍년과 행복을 소망한다. 그의 소원이 성취되길 소망하며 건승을 기원한다.

■ 글벗시선 141 이정희 네 번째 시집

문인들의 글밭

인 쇄 일 2021년 7월 20일

발 행 일 2021년 7월 20일

지 은 이 이 정 희

펴 낸 이 한 주 희

펴 낸 곳 도서출판 글벗

출판등록 2007. 10. 29(제406-2007-100호)

주　　소 경기도 파주시 와석순환로 16(야당동)
롯데캐슬파크타운 905동 1104호

홈페이지 http://guelbut.co.kr

E-mail juhee6305@hanmail.net

전화번호 031-957-1461

팩　　스 031-957-7319

가　　격 12,000원

I S B N 978-89-6533-185-8 04810